梅伊第一天上學

文・圖／凱特・貝魯比

翻譯／鄭如瑤

今天是梅伊第一天上學，
當她的媽媽說：
「該換衣服嘍！」

梅伊說：「我不要去。」

當ㄉㄤ她ㄊㄚ的ㄉㄜ爸ㄅㄚ爸ㄅㄚ說ㄕㄨㄛ：
「吃ㄔ早ㄗㄠ餐ㄘㄢ嘍ㄌㄡ！」

梅ㄇㄟ伊ㄧ說ㄕㄨㄛ：
「我ㄨㄛ不ㄅㄨ要ㄧㄠ去ㄑㄩ。」

她的媽媽又說：「穿上外套。」

梅伊說：

「 我不要去。 」

「 梅伊， 夠了！」媽媽說。

上學的路上， 梅伊的媽媽告訴她將會在學校遇到所有好玩的事，像是班上的寵物、 大大的圖書館和下課時間。

上學的路上， 梅伊想著將會在學校發生的所有糟糕事情。

例_{ㄌㄧˋ}如_{ㄖㄨˊ}其_{ㄑㄧˊ}他_{ㄊㄚ}的_{ㄉㄜ˙}小_{ㄒㄧㄠˇ}朋_{ㄆㄥˊ}
友_{ㄧㄡˇ}不_{ㄅㄨˋ}喜_{ㄒㄧˇ}歡_{ㄏㄨㄢ}她_{ㄊㄚ}、 只_{ㄓˇ}有_{ㄧㄡˇ}
她_{ㄊㄚ}還_{ㄏㄞˊ}不_{ㄅㄨˋ}會_{ㄏㄨㄟˋ}寫_{ㄒㄧㄝˇ}字_{ㄗˋ}， 或_{ㄏㄨㄛˋ}
是_{ㄕˋ}當_{ㄉㄤ}她_{ㄊㄚ}想_{ㄒㄧㄤˇ}媽_{ㄇㄚ}媽_{ㄇㄚ˙}的_{ㄉㄜ˙}
時_{ㄕˊ}候_{ㄏㄡˋ}， 怎_{ㄗㄣˇ}麼_{ㄇㄜ˙}辦_{ㄅㄢˋ}？

她們來到了學校，看到許多爸爸、媽媽和
孩子們正在校園。

梅伊的媽媽打招呼：「哈囉！ 你好嗎？ 今天
是梅伊第一天上學，多麼美好的一天！」

「是啊！ 的確很棒！」有人這麼回答。

「但是， 梅伊去哪裡了？」
「梅伊？」媽媽呼喚著：「你在哪裡？」

梅伊回應說：
「我不要去。」

梅伊想著是否可以住在這棵樹上，也許真的可以唷！這裡有一處長滿青苔，她可以睡在上面，而且她帶了裝得滿滿的便當，她有足夠的食物可以吃。

然而梅伊聽到樹葉沙沙聲。

「哈囉！」一個小女孩說。
「哈囉！」梅伊說。

「希希，馬上從樹上下來，
快開始上課了！」有人在樹下
大喊。

「我不要去上學。」希希說。

「我也不要去。」梅伊說。
「你想吃餅乾嗎？」

今天是梅伊和希希第一天上學，但是她們沒有去。

「為什麼你不要去上學？」梅伊問。

「那個……」

希希說：「因為如果沒有人跟我玩，怎麼辦？」

「或是如果我不知道怎麼閱讀，怎麼辦？」

「或是如果我想爸爸，怎麼辦？」

這時候，她們聽到樹葉沙沙聲，有人爬上樹來。

「哈囉！」一位
高個子女士說。
「哈囉！」梅伊輕聲的
打招呼。
「我們不要去上學。」

「太好了！」高個子女士說：「我也不要去上學。」然後她在樹幹上找到一個舒服的位子坐著，盯著樹葉縫隙看著。

「你ǐ是ʔ誰ㄟ？」
希ㄒㄧ希ㄒㄧ問ㄨㄣ。

「我是珍珠老師。」高個子女士回答。

「珍珠老師，你想吃餅乾嗎？」梅伊問。
「好啊！謝謝你！」珍珠老師說。

今天是梅伊、希希和珍珠老師第一天上學，但是她們沒有去。

「珍珠老師，為什麼你不要去上學？」梅伊問。

「那個……」

她說：「因為如果小朋友不喜歡我，怎麼辦？」

「或是如果我忘了星期二怎麼寫，怎麼辦？」

「或是如果我突然很想我的貓，怎麼辦？」

梅伊看著珍珠老師和希希笑了，
「你們知道嗎？我們害怕同一件
事情，我很高興我不孤單。」

「我也是。」希希說：「而且你們知
道嗎？你們不必擔心沒有人喜歡
你們，因為我喜歡你們。」

「我也是。」珍珠老師說：「還有，
當你們在閱讀和寫字時，不必擔
心做錯，上學就是為了學習啊！」

「而且如果我們住在這棵樹上，我們會想家人。」梅伊說。

「還有，我們的餅乾吃完了。」希希說。

過了一會兒，梅伊的媽媽大喊：
「快要上課了。」

梅伊說：

「好的，我
們在這裡，
馬上下去！」

今天是梅伊、希希和珍珠老師第一天上學，她們一起去。

文·圖｜凱特·貝魯比（Kate Berube）

　　她出生在一個充滿牛隻的美國小鎮，從小就嚮往成為一位畫家。她在芝加哥藝術學院拿到藝術創作的學位後，再到巴黎學習，曾從事過保母、稅務員、街頭畫家和書店銷售員的工作。現在她和先生，以及女兒住在美國西北部俄勒岡州的城市波特蘭。

　　美國《出版者周刊》稱凱特在2016年春天「展翅飛翔」，至今她已經出版了五本圖畫書。她的作品獲得了《出版者周刊》和《學校圖書館學報》的星號書評，並被多個單位如芝加哥圖書館、學校圖書館等列入「最佳書籍」的書單。

　　她的第一本作品《漢娜與甜心》（小熊出版）受到美國聯合童書中心所頒發「夏洛特·佐羅托獎」（Charlotte Zolotow Award）的高度肯定，並榮獲英國「克勞斯·佛魯格圖畫書獎」（Klaus flugge Prize），以及美國「瑪利安·韋納特·李吉威獎」（Marion Vannett Ridgway Award）和「俄勒岡兒童文學獎」（Oregon Book Award for Childre's Literature）。《梅伊第一天上學》是她最新的作品，亦榮獲「俄勒岡兒童文學獎」。

翻譯｜鄭如瑤

　　畢業於英國新堡大學（University of Newcastle upon Tyne）博物館研究所。現任小熊出版總編輯，編輯過許多童書；翻譯作品有《好奇孩子的生活大發現》、《一輛名叫大漢的推土機》、《卡車小藍出發嘍！》、《妞妞會認路》、《到處都是車》、《我好壞好壞》、《森林裡的禮貌運動》等圖畫書。

精選圖畫書　梅伊第一天上學　文·圖／凱特·貝魯比　翻譯／鄭如瑤

總編輯：鄭如瑤　　主編：詹嬿馨　　美術編輯：黃淑雅　　行銷主任：塗幸儀　　社長：郭重興　　發行人兼出版總監：曾大福
業務平臺總經理：李雪麗　　業務平臺副總經理：李復民　　實體通路協理：林詩富　　網路暨海外通路協理：張鑫峰　　特販通路協理：陳綺瑩
印務經理：黃禮賢　　出版與發行：小熊出版·遠足文化事業股份有限公司　　地址：231 新北市新店區民權路 108-2 號 9 樓　　電話：02-22181417
傳真：02-86671851　　劃撥帳號：19504465　　戶名：遠足文化事業股份有限公司　　客服專線：0800-221029　　E-mail：littlebear@bookrep.com.tw
Facebook：小熊出版　　讀書共和國出版集團網路書店：http://www.bookrep.com.tw　　法律顧問：華洋國際專利商標事務所／蘇文生律師
印製：凱林彩印股份有限公司　　初版一刷：2019 年 08 月　　初版二刷：2020 年 07 月　　定價：300 元　　ISBN：978-986-97916-5-6

小熊出版官方網頁　小熊出版讀者回函